I0607807

Copyright © 2014
Hmong Multimedia. All rights reserved.
hmongmultimedia@gmail.com

This book or any portion thereof may not be reproduced
or used in any manner whatsoever without the express
written permission of the publisher except for the use of
brief quotations in a book review.

Leej Txiv Mus Ua Kab Ntsig

The Father Who
Turned into a Caterpillar

Retold by Sai Yang Vang
Illustrated by Kannha Sikounnavong

Puag thaud, muaj ob niam txiv hmoob yug tau ib nkawm mitub ntxaib, nkawd muab tus hlob hu ua Kaub hos tus yau hu ua Kaug.

Hauv nkawd lub tsev muaj kev zoo siab puv npo. Txhua leej txhua tus nrog nkawd zoo siab tab-sis tshuav leej niad thiaj tsis zoo siab xwb, vim nws raug yuam yuav nws tus txiv uas nws tsis nyiam. Zaum no muaj ob tug mitub ces ntshe yuav khi nws lub neej rau txoj kev sib yuav no mus tag ib txhis.

Once upon a time, there was a couple who gave birth to twin boys. They named one Kaob and the other Kaog.

There was great joy in the house. Everyone was happy except for the wife, who was very sad because she had been forced to marry her husband whom she did not love. Now, with the newborn twins, she is stuck in this marriage.

Muaj ib hnub, thaum ob tug mitub ntxaib tseem me me, tus niad txawm txiav txim saib muab tus txiv lom. Nws ua ib lauj kaub kuadis thiab nyiag muab tshuaj lom rau hauv lauj kaub kuadis ntawd.

One day, when her twins were still very young, the wife decided to poison her husband. She cooked a delicious rice soup and secretly poured the poison into the boiling pot.

Thaum nws tseem tabtom tig mus hu nws tus txiv kom los noj, txawm muaj ib tug dev dhia los dawm laujkaub kuadis ces laujkaub kuadis nchuav tag rau hauv av lawm ces tus txiv thiaj tsis tau noj.

Thaum ntawd tus niad haj yam chimsiab thiab nyaujsiab rau nws lub neej heev.

As she turned to call her husband to come eat, a dog accidentally jumped over and tipped the pot, spilling the rice soup all over the ground.

And so the husband did not get a chance to eat the rice soup and the wife's unhappy marriage continued.

Lub niaj dhau lub xyoo, tus niad yeej tseem cia siab ntsoov tias mauj ib hnub nws yuav dim ntawm nws tus txiv mus.

Muaj ib hnub, thaum tavsu dua, tus niad taug kev hauv zos, nws hnov ib cov poj niam sib tham txog cov nplooj cejqaub hais tias, yog leej twg muab nplooj cejqaub hau xyaw nqaij kauv noj mas tus neeg ntawd cia li plhis ua kabntsig.

Tus niad zoo siab heev thiab nws txawm mus de cov nplooj cejqaub ntawd los ziab qhuav qhuav cia tos seb thaum twg muaj nqaij kauv.

Year after year go by, but the wife never gives up hope that one day she will be freed of her husband.

One afternoon, as the wife is walking through the village, she overhears a crowd of women talking about a poisonous leaf that, when cooked with deer meat, would turn any person into a caterpillar.

Filled with hope, the wife picked the poisonous leaves and dried them for the special occasion when the rare deer meat is available.

Muaj ib hnub, tus niad txawm hnov tias muaj ib tug yawg hauv zos tua tau ib tug kauv. Tus niad ceev nrooj mus tom tus yawg ntawd tsev, mus thov ib qhov nqaij kauv.

Tus niad zoo siab thiab xav twjywm tias zaum no yuav tau nqaij kauv los ua xyaw nplooj cejqaub rau nws tus txiv noj tiag lauj.

One day, the wife heard that a hunter in the village had shot a deer. She quickly went to the hunter's house to ask for a little deer meat.

She was very happy that now she can get some deer meat to cook with poisonous leaves for her husband.

Thaum tus niad mus txog tom tus yawg tua nqaij tsev, nws txawm thov tus yawg tua nqaij tias, kuv yuav tuaj thov koj ib qho nqaij kauv mus ua tshuaj rau kuv ob tug mitub noj. Tus yawm ntawd txawm zoo siab hlo muab ib qho nqaij cev rau nws.

When the wife reached the hunter's house, she asked him for some deer meat so that she could cook it with medicine for her twins. The hunter gladly handed the wife some deer meat.

Tus niad khiav ntsuj los txog tsev, nws txawm muab cov nqaij tsuav tsuag tsuag ces muab hau kiag xyaw cov nplooj cejquab qhuav uas nws twb ziab qhuav cia lawm ntawd.

Nws rau siab ntso do lauj kaub nqaij kom txog thaum cov kua tshuaj nyaum heev nws mam muab rau nws tus txiv noj.

As soon as the wife got home, she chopped the deer meat into small pieces and boiled it with the dried leaves that she had kept for this occasion.

She stirred and stirred to make sure it was well mixed and strong before she served it to her husband.

Thaum cov nqaij siav lawm nws txawm muab rau saum rooj kom tus txiv noj. Tus txiv pheej noj pheej nroo tias, "Ab, cas cov nqaij kauv no qab txawv diam ne."

Tus niad teb tias, "Tej zaum tsis tau noj nqaij kauv ntev lawm xwb os."

Ces tus txiv txawm rausiab ntso noj, ho tus niad rausiab ntso txhab ntxiv.

When the soup was ready, the wife set the table and called her husband to eat. The husband ate the deer soup and asked the wife why it tasted different. The wife replied, "It's probably because we haven't had deer meat in a while."

The husband continued to eat while the wife continued to serve him more.

Tau ob peb hnub tom qab, tus txiv txawm pib khaus nws ibce thoob plaws thiab nws txawm pib khawb thiab khawb nws ibce.

Tus naid zoo siab twj ywm tias tsis ntev nws tus txiv yuav mus ua kantsig lauv.

A few days later, the husband starts to itch all over his body and he began to scratch and scratch.

The wife is happy that soon her husband will turn into a caterpillar.

Tus txiv yeem khawb npaum li cas nws ibce yeem khaus npaum li ntawd. Tau tsis ntev xwb tus txiv lub nraub qaum txawm tawg tej kab pleb thiab muaj plaub kabntsig tawm hauv tuaj.

Tus txiv mus ua tsis taus teb lawm, nws niaj hnub zaum ntawm ntug cub khawb nws ibce tas hnub tas hmo xwb.

The more the husband scratched, the itchier it got. Soon, the husband's back started to crack and caterpillar furs emerged from the cracks.

Unable to farm, the husband stayed home and scratched all day and all night by the fire stove.

Muaj ib tagkis thaum sawv ntxov, tus niad sawv los nws qws ib suab nrov nrov. Nws ntsia ntawm ntug cub no, uaciav pom nws tus txiv twb plhig ua ib tug kabntsig loj loj liab ploog lawm.

One early morning, the wife woke up and she screamed in fear. By the fire stove, she saw that her husband had turned into a giant red caterpillar.

Tus niad ntshai tsam zej zog paub tias yog nws lom tus txiv kom ua kabntsig no ces tus niad txawm txhaub dev tom tus txiv kom tus txiv khiav tawm hauv zos mus.

Tus txiv hais rau tus niad tias, "Koj ua li no rau kuv tsam kuv ob tug mitub hlob tuaj nkawd nug koj txog kuv no koj yuav hais li cas?"

Tus niad teb tias, "Kuv mam hais tias koj tuag lawm."

Afraid that the village might find out what she had done, the wife had the dogs chase the husband out of the village.

The husband said to his wife, "You have done this to me, when my boys grow up they will ask about me, what are you going to tell them?"

"I will tell them that you died," answered the wife.

Tus txiv kabntsig maj mam nkag nkag mus txog puag pem ib lub roob hav zoov. Nws pom ib tsob ntoo loj loj muaj nplooj ntoos ntau ntau rau nws noj thiab nyob siab siab dev thiaj tuaj tom tsis tau nws.

The husband slowly crawled and crawled over to a giant forest high in the mountains. There he saw a large tree full of leaves where he would have food to eat and be safe from the dogs.

Ntau xyoo dhau mus lawm. Leej txiv niaj hnub nyob saum tus ceg ntoo tusaib nrho thiab xav paub tias, tav nov, kuv ob tug mitub nyob li cas lawm.

Caij ntuj no tuaj lawm es kuv ob tug mitub puas muaj zaub mov txaus noj thiab ris tsho sov txaus hnav.

Many years have passed. The husband sadly sits on the tree branch and wonders how his twin boys are doing.

The weather has turned cold will they have enough food to eat and warm clothes to wear.

Thaum ntawd, ob tug mitub Kaub thiab Kaug nkawd loj zuj zus tuaj lawm. Leej niad ntshai tsam nkawm paub txog qhov ua nkawd niam ua rau nkawd txiv. Leej niad tsis put ob tug mitub mus nrog zej zog tej minyuam uasi kiag li.

Kaub thiab Kaug nkawd los yeej mloog nkawd niam lus heev.

At that time, the twin boys, Kaob and Kaog were growing up. Fearing that the boys might find out about their father, the mother kept the boys away from the village children.

Kaob and Kaog were good kids and always listened to their mother and did what she asked.

Muaj ib hnub, nkawd niam mus uateb lawm. Cov minyuam nruab zog txawm tuaj nrog Kaub thiab Kaug nkawd uasi. Lawv txwm nug nkawd tias, "Uacas neb ho tsis muaj txiv?"

Kaub tiab Kaug teb tias, "Wb hlob tuaj wb yeej tsis muaj txiv lawm, wb tsis paub xyov wb txiv mus dau twg lawm."

Cov menyuam nruab zog hais rau nkawd tias, "Nug neb niam maj, neb niam paub xwb."

One day, the mother went to the rice field to farm. The village children came and played with Kaob and Kaog. The village children asked them, "How come you two don't have a father?"

Kaob and Kaog replied, "We grew up without a father. We don't know where our father went."

The village children told Kaob and Kaog, "Go ask your mother where your father went, she would know."

Thaum nkawd niam rov tom teb los, Kaub thaib Kaug nkawd thiaj nug nkawd niam tias, "Niad, uacas wb tsis muaj txiv. Tej minyuam hauv zos no lawv ho puav leej muaj txiv nev."

Leej niad teb tias, "Neb txiv tuag puag thaum neb me me lawm."

Nkawd nug ntxiv tias, "Yog li koj sim coj wb mus xyuas wb txiv lub ntxa seb?"

Leej niad tsis kam thiab tas zog cem nkawd kom tsis txhob nug txog nkawv txiv ib zaug li lawm.

When their mother came back from the rice field, Kaob and Kaog asked her, "Mother, how come we don't have a father. All the village children have fathers but we don't. Where did our father go?"

The mother replied, "Your father died a long time ago when you boys were just babies."

Then they asked, "Can you take us to see our father's grave?"

The mother refused and scolded them to never ask about their father again.

Kaub thiab Kaug nkawd thiaj mus nug tej neeg zej zog los luag tsis paub thiab luag thiaj qhia nkawd kom nkawd mus nug Saub, tej zaum Saub yuav paub. Nkawd thiaj li mus nug Saub tias Saub thov koj qhia wb seb wb txiv mus dua twg lawm.

Saub thiaj teb hais tias, "Ob tug mitub, neb niam lom neb txiv es neb txiv plhig ua kabntsig lawm. Yog neb xav pom neb txiv mas neb yuav tau mus txua ob lub raj es neb nce mus lawm puag pem lub roob loj loj pem. Neb mus nrhiav tsob ntoo loj tshaj plaws ces neb tshuab neb ob lub raj ces neb thiaj nrhiav tau neb txiv."

Kaob and Kaog went to ask the villagers about their father but they too, did not know. The villagers told them to go to see Shao, the wise old man. He would be able to help them.

So they went to Shao and asked him about their father. Shao replied, "My poor boys, your mother poisoned your father and turned him into a caterpillar. If you want to find your father, you must make two flutes from bamboo and go to the top of the highest mountain way over there. Then find the tallest tree and play your flutes. Then you will be able to find your father."

Kaub thiab Kaug nkawd thiaj ua li Saub hais. Nkawd mus txiav xyoob los txua raj. Nkawd txua tau peb hnub thiaj tau ob lub raj.

Nkawd thiaj nce ib hnub ib hmo mus txog puag pem lub roob loj loj uas Saub qhia kom nkawd mus nrhiav qhov ntawd thiaj nrhiav tau nkawd txiv.

Kaob and Kaog did as Shao had told them. They went and cut down bamboo to make their flutes. For three days, they carved two flutes from the bamboo.

Then they climbed all day and all night to reach the top of the highest mountain where Shao had said they would find their father.

Thaum nkawd mus txog pem lub roob nkawd nrhiav tau tsob ntoo uas loj tshaj plaws, nkawd thiaj li thau nkawd ob lub raj los tshuab.

Nkawd tshuab qhia nkawd txiv txog txoj kev hlub, txoj kev nco, thiab txoj kev xav pom xav paub nkawd txiv es kom nkawd txiv los ntsib nkawd.

When they reached the mountain and found the tallest tree, Kaob and Kaog played their flutes.

Through their music, they expressed how much they loved and missed him; how much they yearn to see and to know him and for their father to come see them.

Ces nkawd txiv kabntsig thiaj nqis los nug nkawd hais tias, "Neb yog leej twg? Neb tuaj dabtsi ntawm no?"

Nkawd teb tias, "Wb yog Kaub thiab Kaug, koj ob tug tub, wb tuaj nrhiav koj os wb txiv. Saub qhia wb tias wb txiv mus ua kab ntsig lawm. Wb thiaj tuaj nrhiav koj rov mus ua wb txiv."

Nkawd txiv tsis kam, Kaub thiab Kaug quaj thov quaj thov tias, "Txiv yog koj tsis nrog wb rov qab ces wb yuav nrog koj nyob ntawm no."

Then their caterpillar dad came down and asked them, "Who are you boys, and what are you doing here?"

The boys replied, "We are Kaob and Kaog, your two sons. We came here to get you, father. The wise old man Shao told us that our father turned into a caterpillar. We want you to come back with us and be our father." The father refused.

Kaob and Kaog cried and begged their father, then said, "Father, If you don't come home with us, then we will stay here with you."

Thaum kawg, nkawd txiv kabntsig thiaj li kam nrog nkawd rov qab los tsev. Kaub mus ua nws txiv ntej ho Kaug lawv nws txiv qab tsam lam muaj dev tuaj tom nkawd txiv.

Finally, their caterpillar father agreed to go home with them. Kaob led the way while Kaog followed behind their father, just in case the dogs came.

Thaum lawv los txog tsev, Kaub thiab Kaug nkawd nyiag mus ua ib lub chaw rau nkawd txiv nyob. Nkawd txiav tau ib yas cav ntoo los rau nkawd txiv pw thiab de nplooj los rau nws noj. Nkawd niaj hnub mus xyuas nws kom paub tseeb tias tsis muaj dabtsi.

Thaum nkawd mus ua teb los nkawd de tej mi nplooj hmab nplooj ntoos mos mos los rau nkawd txiv noj. Nkawd nrog nkawd txiv nyob ntuj teb tag hmo. Nkawd txiv qhia nkawd ntau yam zoo txog kev ua neej.

When they got home, Kaob and Kaog secretly made a little room for their father. They got a log for him to sleep on and leaves for him to eat. They check on him everyday to make sure he is okay.

After farming in the field, Kaob and Kaog would bring fresh leaves for their father and stayed with him until late at night. Their father taught them many good morals and how to be a good person.

Muaj ib hnub, Kaub thiab Kaug nkawd mus ua teb lawm. Nkawd niam txawm nyiag mus xyuas hauv lub chaw ntawd seb muaj dab tsi nyob hauv uacas nkawd ob kwvtij yuav mus nyob hauv tsheej hnub tsheej hmo.

One day, while Kaob and Kaog went to work on the farm. Their curious mother snuck into the small room to see what Kaob and Kaog kept in there and why the brothers are spending all day and all night in the room.

Nyob hauv qhov chaw ntawd, nws pom nws tus txiv kabntsig uas thaum ub nws maub lom es thiaj ua kabntsig lawd nyob hauv. Tus niad chimsiab heev, nws rov txhaub dev caum nws tus txiv kabntsig kom khiav mus.

In there, she found her husband, whom she had poisoned into a caterpillar, laying on a log. She was very angry and she again had the dog chase the caterpillar husband away.

Ib tsam tsaus ntuj, Kaub thaib Kaug nkawd los nram teb los, nkawd de tej mi nplooj hmab nplooj ntoo mos mos los rau nkawd txiv noj. Nkawd zoo zoo siab tias yuav tau rov los nrog nkawd txiv tham dua, tabsis, nkawd los txog no tsis pom nkawd txiv hauv lub qhovtoo lawm.

Later in the evening, Kaob and Kaog were on their way home from the rice field and picked fresh leaves for their father.

They are very happy that they will have a good time talking with their father again. When they got home, they saw that their caterpillar father was gone.

Kaub thiab Kaug nkawd thiaj mus nug nkawd niam tias, "Niad, tsis yog koj txhaub dev caum wb txiv mus lawm lov?"

 Nkawd niam teb tias, "Kuv tsis xav kom neb poob ntsej muag rau zej zog tias neb txiv yog niag kabntsig no."

Kaub thaib Kaug nkawd chimsiab heev, nkawd hais tias, "Wb txiv txawm yog kabntsig xwb los nws paub qhia wb ntau yam zoo txog kev ua neej. Wb yeej yuav mus coj kom tau wb txiv rov los xwb xwb."

Thaum kawg nkawd niam thiaj hais tias, "Kav tsij mus coj los lasmas."

Kaob and Kaog went to their mother and asked, "Mother, did you chase our caterpillar father away?"

 Their mother replied, "I don't want you boys to lose face to the villagers for having a caterpillar for a father, so I had the dog chase him away."

 Kaob and Kaog were very angry. They replied, "He may be a caterpillar but he is our father and he has taught us many good things. We are going to bring him back!"

After a moment, the mother replied, "Alright, go get him then."

Kaub thiab Kaug nkawd rov mus nrhiav nkawd txiv puag pem lub roob ua muaj tsob ntoo loj loj es thaum ub nkawd txiv nyob, los tsis pom nkawd txiv.

Nkawd mus nrhiav txhua lub roob, txhua lub has los tsis pom nkawd txiv. Nkawd tshuab raj hu nkawd txiv rau txhua lub tojroob hauvpes los tsis pom nkawd txiv qhov twg li lawm.

Kaob and Kaog went to look for their father back at the mountain with the tall tree, where he used to live, but he wasn't there.

They searched every forest, every mountain, and every valley for their caterpillar father, but he was nowhere to be found. They called him with their flutes everywhere but there was no sign of their father.

Kaub thiab Kaug tshuab tshuab nkawd ob lub raj mus txog thaum nkawd laus laus plaub hau dawb paug vam thiab cia siab tias muaj ib hnub nkawd txiv yuav rov los tsev, tabsis tsis pom nkawd txiv los qhov twg los li.

Nkawd tusiab kawg tias, uacas simneej no yuav nrhiav tsis tau nkawd txiv li lawm.

Nkawd thiaj tshuab nkawd zaj raj no yog qhia txog nkawd txojkev hlub, nco thiab xav pom nkawd txiv dua, xav nyob uake dua ib zaug ntxiv.

Kaob and Kaog played and played their flute until they were old and gray, hoping that one day their father would return home. Still, there was no sign of their father.

They were sad that although they had spent their whole life looking, they could not find their father again. The melody they expressed in their flutes were about their love and yearning for their father to return to them.

Kaub thiab Kaug thiaj qhia nkawd zaj raj rau nkawd tej mitub minyuam kom lawv tshuab qhia lub ntiajteb no paub tias nkawd nco nkawd txiv kabntsig npaum li cas.

Ib tiam dhau tiam, cov lus hauv zaj raj no zoo dhau hwv lawm ces nim no tej hlua nkauj hlua nraug thiaj siv cov lus hauv zaj raj no los tshuab rau tus ua lawv hlub ces zaj raj no thiaj dhau mus ua kev nco rau nkauj nraug lawm.

Kaob and Kaog taught the flute music to their children so that they too, can play to the world to show how much they missed their father.

Generation after generation the music of the flutes is so good, they still inspire young boys and girls to play this music for their loved ones. Even today the music endures as love songs.

www.ingramcontent.com/pod-product-compliance
Lightning Source LLC
Chambersburg PA
CBHW051927220626
47052CB00003B/616